MÉMOIRE [1]

SUR LES

ANTIQUITÉS DU DONON,

Par M. JOLLOIS,

*Ingénieur en chef des ponts et chaussées,
Membre de l'Institut d'Égypte, de la Société
d'Émulation des Vosges, Membre résidant
de la Société royale des Sciences, Belles-
Lettres et Arts d'Orléans, correspondant
de la Société royale des Antiquaires de
France, des Sociétés des Sciences, Arts
et Belles-Lettres de Nancy et de Macon,
Chevalier de l'Ordre royal de la Légion
d'Honneur.*

LE DONON est une des principales montagnes
des Vosges. Il sépare la Lorraine de l'Alsace.

---

(1) Ce mémoire a été lu à la Commission des Antiquités du département des Vosges, le 7 novembre 1821.
Depuis, M. *Gravier* en a lu un second sur le même objet;
on en trouve l'analyse dans le VII.ᵉ N.º du Journal de la
Société d'Émulation, page 18 et suivantes.

Une grande route, qui établit la communication entre ces deux provinces, passe à peu de distance de la partie la plus élevée de cette montagne. La côte commence à Raon-sur-Plaine (*voir la planche* 1.re), et se développe par des pentes assez douces sur le revers qui regarde la Lorraine. On arrive au sommet de cette côte après avoir traversé des forêts de sapins. Alors la route se trouve tracée, l'espace de 500 mètres environ, sur un terrain plan. On voit à sa gauche une maison de ferme, où les curieux qui visitent la montagne peuvent trouver un asile (*voir la planche* 2). Plus loin est une autre maison de ferme qui sert à l'exploitation des prairies et des terres labourables des environs. De là on descend sur le revers qui regarde l'Alsace, par des contours bien ménagés, suivant des pentes très-praticables. On arrive ainsi jusqu'à Grandfontaine, où sont les forges de Framont, et ensuite à Labroque et à Schirmeck, villages situés tout-à-fait dans la plaine.

On monte sur la plate-forme du Donon par un chemin très-escarpé et semé de très-gros rochers ; des ornières encore existantes annoncent qu'il est pratiqué par des voitures employées à l'exploitation des bois qui couvrent la montagne.

Lorsqu'on approche de la plate-forme, on aperçoit, de distance en distance, de gros rochers qu'à la première vue on croirait avoir été taillés, et qui ont l'apparence de tours carrées. S'il a existé, comme quelques personnes le pensent, une enceinte de murailles pour défendre les approches de la partie supérieure du Donon, elle a dû sans doute s'appuyer contre ces espèces de tours naturelles (2). Les fouilles que nous avons fait exécuter en plusieurs endroits, ne nous ont laissé toutefois apercevoir nulle part des vestiges de semblables constructions.

Ce que j'appelle la *plate-forme* de la montagne, a 375 mètres de longueur, sur une largeur moyenne de 80 à 100 mètres. Tout cet espace est couvert de bruyères, et le rocher ne se montre à nu qu'à l'extrémité sud-ouest du côté de Raon-sur-Plaine. A l'extrémité orientale s'élève ce que l'on doit appeler, à proprement parler, le *faîte* supérieur de la montagne. Il s'annonce par un grand rocher (*planche* 2), dans lequel existent des cavités nombreuses produites par de grands éboulemens, ce qui, à une certaine distance, lui donne l'apparence d'une construction qui aurait éprouvé les ravages du temps. La nature de ce rocher est d'un grès rougeâtre formé de couches horizontales qui se délitent comme les schistes. Les pluies minent et détruisent les parties les plus friables de ces couches, et quand la

---

(2) Voir le plan joint au mémoire de M. *Gravier*, inséré dans le n.° VII du Journal de la Société.

masse n'a plus de soutien, elle s'écroule et s'af-
faisse. C'est ce que l'on reconnaît, sans aucun
doute, tout autour du rocher principal. Des
blocs énormes se sont détachés, et leurs couches,
qui étaient horizontales, se présentent maintenant
sous l'apparence de couches inclinées par suite
de cet éboulement. D'autres parties de la cime
ne tarderont peut-être pas à éprouver le même
sort. C'est sur une des anfractuosités de ce rocher
qu'est sculpté le bas-relief (*planche* 3, *fig.* 1.re),
dont nous parlerons bientôt avec détail.

La cime du Donon est élevée au-dessus de
la plate-forme d'une hauteur moyenne de 40
mètres, ainsi qu'il résulte des nivellemens que
nous avons exécutés. Elle offre elle-même une
plate-forme de 100 à 110 mètres de longueur,
et d'une largeur de 20 à 25 mètres. On pourrait
croire, au premier abord, que le rocher dont
elle est formée a été aplani et travaillé ; mais
un examen attentif des localités nous a con-
vaincus qu'il n'en est effectivement rien.

C'est sur ce faîte supérieur qu'ont placé leurs
signaux tous les différens astronomes ou géo-
mètres qui ont levé la carte de l'Alsace. Cas-
sini l'a choisi pour un point de sa triangulation
de la grande carte de France ; et aujourd'hui
même, les ingénieurs géographes qui s'occupent
de la mesure de la perpendiculaire à la méri-
dienne de l'observatoire de Paris, l'ont aussi

choisi pour le point de station de leurs observations. Une pyramide en pierre de 6 à 7
mètres de hauteur s'élève au point qu'ils considèrent comme le centre de ces observations.

Nous avons employé plusieurs journées à ex-
plorer les antiquités du Donon. Nous avons pu
jouir, par conséquent, du spectacle magnifique
et varié qui s'offre quelquefois aux regards sur
les hautes montagnes, lorsque le ciel est pur,
ou qu'il n'est couvert que de quelques nuages.
Du point élevé où nous étions, on domine sur
toutes les montagnes de la grande chaîne des
Vosges. On aperçoit au loin leurs cimes nombreuses couvertes d'épaisses forêts. Elles enfer-
ment, par intervalles, des plaines verdoyantes
et des villages qui se détachent sur de riantes
prairies. Durant l'une des journées de notre
opération, l'horizon était pur et serein à l'o-
rient; on apercevait distinctement à la vue
simple, quoiqu'à la distance de plus de huit
lieues, la belle cathédrale de *Strasbourg*, et son
clocher qui s'élève si haut dans les airs, et les
maisons qui remplissent son enceinte, dont on
distinguait même en quelqu'endroit les remparts.
Derrière Strasbourg, le Rhin ressemblait à une
lame d'argent resplendissante qui s'étendait dans
un lointain immense, et au-delà on apercevait
Kelh et la Forêt-Noire. En regardant du côté
de l'ouest, nous avions à notre droite un spec-

tacle d'un autre genre, mais non moins inté‑
ressant. Un gros nuage noir, d'une étendue con‑
sidérable, descendait du haut de l'atmosphère,
et atteignait presque le niveau de la plate‑forme
du Donon. Toute la partie du ciel qu'il occupait
était obscurcie ; mais à l'horizon on apercevait,
à perte de vue, le tableau le plus riche et le
plus varié, éclairé par la plus éclatante lumière.
C'était comme un magnifique fond de théâtre
que laisserait entrevoir une toile‑à moitié baissée.
Bientôt ce nuage, chassé par les vents sous la
forme d'un brouillard, enveloppa toute la mon‑
tagne à l'est, excepté la cime où nous étions,
puis se divisa en un nombre indéfini de petites
pommelures tenant d'une part à un foyer
commun, et attirées de l'autre par les sommets
boisés et coniques des montagnes voisines. Un
peu plus loin, les éclairs sillonnaient d'autres
nuages recélant la foudre, et la pluie qu'ils ver‑
saient nous dérobait la vue de la plaine.

En arrivant sur le Donon, notre premier
soin fut d'organiser un atelier de travailleurs dans
les endroits de la plate‑forme où nous étions
assurés de trouver des ruines. Nous étions guidés
dans nos recherches par *Schœphling*, par *Dom
Calmet*, et plus particulièrement encore par
une collection de 20 feuilles de dessins au crayon
rouge, trouvées par notre collègue, M. *Gravier*,
dans les archives de Saint‑Dié. La première

feuille de cette collection, lithographiée dans le n.º VII du journal, offre le plan de la plateforme du Donon, ainsi que l'emplacement indiqué à vue des différens monumens qu'il offrait en 1692. Les deux feuilles suivantes présentent le plan de l'un des édifices construits anciennement sur cette montagne, l'élévation d'un de ses pignons, et quelques détails d'architecture. Toutes les autres feuilles sont consacrées à la représentation des statues nombreuses qui existaient sur le Donon, à l'époque où les dessins ont été exécutés : nous verrons bientôt quelles sont celles de ces statues que l'on y trouve encore aujourd'hui. La collection des dessins dont il s'agit ici, absolument semblable à celle citée dans le mémoire de M. *Gravier*, est précieuse en ce qu'elle a servi de base aux travaux de *Montfaucon*, de *Dom Martin*, de *Schœphling* et de *Dom Calmet*. On reconnaît en effet évidemment que les gravures qui se trouvent dans l'*Antiquité expliquée*, dans la *Religion des Gaulois*, dans l'*Alsatia illustrata*, et dans la *notice de la Lorraine*, ont eu un seul et même type ; elles ne diffèrent que par un peu plus ou un peu moins d'imperfections ; celles de la notice de Lorraine sont les plus négligées et les plus fautives. Nous avons dû entrer dans ces détails au sujet de ces dessins, parce qu'ils nous serviront de terme de comparaison dans l'examen et les recherches que nous avons à faire.

Des trois édifices indiqués sur la plate-forme du Donon, nous n'avons retrouvé les fondations que d'un seul, dans l'emplacement marqué n.° 3 sur le plan topographique joint au mémoire de M. *Gravier*. La forme du plan de cet édifice est encore parfaitement conservée. C'est un parallélogramme dont la longueur est de 11 mètres, et la largeur de 7 mètres 60 centimètres dans-œuvre; l'épaisseur des murs est de 80 centimètres; ils sont construits en pierre de taille de la même nature que le grès de la montagne. Ces pierres embrassent toute l'épaisseur du mur. Presque toutes offrent des entailles qui paraissent avoir été destinées à recevoir des tenons en fer ou en bois, pour lier entre elles les pierres d'une même assise, et les assises elles-mêmes. Nous avons retrouvé, à l'ouest, la baie de la porte d'entrée de l'édifice; on voit encore dans l'un des angles l'emplacement d'une espèce de crapaudine qui recevait le tourillon de cette porte. Les fondations n'offrent plus que la hauteur d'une seule assise (3). Les pierres d'angle présentent

---

(3) Notre dessein n'étant que de décrire ce que nous avons vu, nous croyons devoir citer ici textuellement la description de ce que *Dom Calmet* appelle un temple dans sa notice de la Lorraine, afin d'offrir une idée de l'édifice à une époque où il était plus entier qu'aujourd'hui. Cette description a d'ailleurs les plus grands rapports avec les plans de la collection des dessins au crayon rouge.

des moulures grossières. On voit épars çà et là, autour de l'édifice, des tronçons de piliers et des espèces de chapiteaux dont la partie saillante est grossièrement taillée en biseau. On remarque, dans la collection des dessins au crayon rouge, un ajustement assez bizarre de ces piliers et de ces chapiteaux antés les uns au-dessus

---

« Sur le sommet du Gros-Donon était autrefois un temple carré oblong, long de 40 pieds sur 31 de large, ayant deux portes, l'une à l'orient et l'autre à l'occident, placées non au milieu de la largeur, mais plus près de l'angle septentrional. L'épaisseur des murs au sortir de terre était de 3 pieds de roi ; les murs étaient bâtis de grandes pierres de 4 ou 5 pieds, bien taillées de tous côtés, ayant une ou deux entailles assez profondes à la face qui ne devait pas paraître, pour aider à les remuer par le moyen d'un levier. Nous en avons vu les murailles, qui étaient encore, il y a 40 à 45 ans, à la hauteur de 4 ou 5 pieds ; mais, depuis ce temps, on a démoli cet édifice, et on en a transporté la plupart des pierres à Framont pour former les murs de l'étang ou retenue d'eaux qui sert aux manufactures et usines pour battre le fer des forges.

» Les portes de ce temple avaient 2 pieds de large, à l'entrée du dehors, et 2 pieds et demi à l'ouverture en dedans, et 4 pieds et 7 pouces de haut ; ce temple est manifestement l'ouvrage des Romains, comme il paraît par sa forme carrée oblongue, par ses dimensions, par les inscriptions qu'on croit très-probablement avoir été mises sur les portes, et qui sont en langue et en caractères latins. »

2

des autres, sur une hauteur totale de 39 pieds.
Nous sommes loin de croire que tel devait être
l'ajustement primitif de ces membres d'architecture, dont les moines de Moyenmoutier ont
trouvé les débris gisant par terre. Nous n'avons
rien vu sur les lieux qui puisse le justifier, ni
qui autorise l'opinion émise par l'abbé de Moyenmoutier, dans sa lettre à M. *Alliot* (4), et

---

(4) LETTRE *écrite à* M. Alliot, *en date du* 14 *septembre*
1696, *qui contient la suite des découvertes faites par*
l'Abbé de Moyenmoutier, sur la montagne de Framont.

« Les réflexions que j'ay faites, sur ce que je uous
» écriuis il y a quelque tems, Monsieur mon très cher
» Frère, touchant la montagne de Framont, ont augmenté
» le désir que j'avais de pousser ma curiosité autant loin
» que je le pouvais faire ; et dans ce doute où j'étais,
» si ces bâtiments que j'avais trouvé n'étaient pas des
» tombeaux, je pris le party d'y retourner avec l'abbé
» de Senone, Dom Hiacinthe, et d'autres religieux ;
» d'y mener des ouvriers, de faire creuser partout, où
» je pouvais croire qu'il y aurait quelque chose qui fa-
» voriserait mes conjectures.

» Dans cette pensée je fis creuser un fossé de quatre
» pieds de largeur et de deux pieds par dessous le
» fondement, qui coupait le premier bâtiment de toute
» la largeure. On n'ût pas travaillé long tems qu'en
» vuidant la terre nous trouvames plusieurs morceaux
» de différentes urnes. Je ne doutai plus pour lors que
» ma pensée n'ût ses apparences et que ce premier bâ-

qui tendait à établir que cette prétendue colonne
était un monument funéraire.

» timent n'ût servi comme de cimetier pour enterrer les
» morts du tems du paganisme. Cette première découverte
» me fit croire que la colonne avait pu être destinée à
» un pareil usage, et qu'elle avait peut être été élevée
» pour couvrir les urnes les plus considérables. Je fis
» bêcher tout autour sur tout dans l'endroit où il paraissait
» que la baze avait autrefois été posée ; et en effet nous
» trouvames dans cet endroit là des morceaux de trois
» urnes differentes. La terre même qui était sous la baze
» paraissait confirmer mon sentiment, car elle est de
» couleur cendrée, ce qui me fit douter si peut être
» ceux qui auaient fouillés avant nous sous cette colonne
» nauaient pas répandus en cet endroit là les cendres
» dont les urnes étaient remplies ; mais parceque je n'en
» trouvais pas une entière je crus qu'aparamment, l'orsque
» le christianisme s'établit dans ce pays là, les premiers fi-
» dèles après avoir renversés les idoles qui étaient autour du
» rocher crurent signaler leur zèle en detèrant ces restes
» des superstitions payennes et en les brisant : peut être
» même que l'envie de trouver les médailles que ses
» urnes renfermaient se trouva aussi mélée parmi ce zèle.

» Etant assez content de ma première tentative, je
» passai au 2.ᵉ rocher pour voir si nous serions aussi
» heureux en statues que nous l'avions été en urnes ;
» et parceque je m'étais apperçu que presque tout ce
» que nous en avions trouvé était du coté du couchant et
» près des angles du rocher du coté du midy et du septen-
» trion, je voulu voir si dans cet endroit là nous ne trouve-
» rions plus rien de nouveau. Je m'aperçu qu'un morceau
» considérable du gros rocher s'était détaché, et qu'en

Dans l'intérieur de l'édifice que nous avons
fait déblayer entièrement, nous avons trouvé

» tombant il s'était arrêté d'une manière qu'il formait
» comme un fossé assez large entre luy et ce gros rocher.
» Je crû que ce serait peut être là que nous trouverions
» ce que nous cherchions. Cet endroit était couvert d'arbres
» assez hauts, et la terre était traversée de racines plus
» grosses que la jambe d'un homme, et couverte d'une
» mousse d'un pied et demi d'épaisseur. Enfin il y avait
» sur le tout une quantité de fort grosses pierres. Cela
» ne nous rebuta pas néanmoins, et ma persévérance
» me donna le plaisir de trouver encore des restes de
» vingt et une statues. Il est vrai qu'il y en a, dont on
» ne trouve plus que les pieds, d'autres dont on ne voit
» que les jambes, les mains, et quelques autres parties
» peu considérables; mais il y en a aussi qui sont toutes
» entières, et parmi ces restes mêmes moins considérables,
» il y a un pied, dont on distingue parfaitement la
» la chaussure et une petite ouverture sur le cou du
» pied, qui servait apparamment pour élargir cette espèce
» de soulier afin de le chausser plus aisément. Toutes les
» têtes que l'on a retrouvées paraissent être des têtes de
» femmes. Vous connaîtrés par les apostilles dont on a
» chargé les figures, ce quelles ont de plus considérables.

» Je ne doute point que si l'on pouvait pêler tout
» le haut de cette montagne, on n'y trouva encore quel-
» que chose de curieux. Mais c'est un ouvrage d'une
» trop grande haleine, et qu'on ne peut faire qu'au
» printems a cause qu'il faut auparavant avoir brulé les
» bruyères, et que le froid commence à être trop uiolent
» sur cette montagne. J'ai remarqué à ce dernier voiage
» que le haut de la montagne est en forme d'amphitéâtre,

un tronc de colonne de 0^m,50^c de diamètre;
et de 0^m,40^c de hauteur; c'est le seul qui se
soit présenté dans les fouilles. Des trous pratiqués
dans la pierre, au centre de la colonne, de-
vaient sans doute recevoir des tenons en fer ou
en bois pour en retenir les assises. Doit-on conclure de ce fait que des colonnes ornaient l'intérieur de l'édifice ? C'est une conséquence qui
pourrait être vraie, mais qui n'est point suffi-
samment appuyée par les débris que les fouilles
ont mis à découvert.

Nous avons trouvé une tuile romaine à rebords,
parfaitement bien conservée. Elle a 0^m,38^c de
long, et 0^m,30^c à 0^m,32^c de large. Nous avons
aussi remarqué les débris d'une des tuiles rondes

» et qu'il semble qu'on ait pratiqué autour du dernier
» rocher une espèce d'esplanade dans les endroits, où
» le terrain ne paraissait pas être assez commode pour
» les assemblées du peuple.

» Je ne sais ce que dira le bon Romain, dont nous
» avons déterés la statue, car notre curiosité lui a deja
» été fatale aussi bien qu'a deux ou trois autres : des
» païsans étant allez pour voir ce que nous avions fait
» ont défigurés toute cette belle statue, lui ont brisé la
» main et une partie de son manteau, et ont cassé un
» des pieds qui marquait la chaussure des Anciens.

*Nota. Nous avons transcrit cette lettre telle que l'auteur l'a
écrite de sa propre main, et sans y apporter aucun des change-
mens que l'orthographe actuelle aurait exigés.*

qui recouvraient les joints des tuiles plates posées
les unes à côté des autres sur la couverture de
l'édifice.

Il paraît donc certain que cet édifice a été
élevé postérieurement à l'invasion des Gaules
par les Romains. Les débris que nous avons
trouvés de vases d'une terre rougeâtre d'un grain
très-fin, couverte d'un brillant vernis ou d'une
pâte analogue avec un vernis noir, confirment
cette conséquence.

Cet édifice était-il un temple ou seulement
l'habitation des prêtres gaulois ? Etait-il destiné
aux sépultures, ainsi que l'insinue l'abbé de
Moyenmoutier, dans sa lettre à M. *Alliot* ?
C'est ce qu'il est assez difficile de déterminer. Si
c'était un temple, on peut conclure avec certi-
tude qu'il est postérieur à la conquête des Romains ; car il paraît constant qu'antérieurement
à *Jules Cesar*, les Gaulois n'avaient point de
temples, et qu'ils pratiquaient l'exercice de leur
culte en plein air. Nous retrouvons jusqu'à un
certain point, sur la cime du Donon, de
quoi justifier cette assertion, ainsi qu'on va
bientôt le voir.

Suivant *Schœphling*, ce temple a été dédié à
Jupiter et à Mercure. L'inscription que *Ruinart*
a vue à la base du pilier dont nous avons
parlé, nous a tout-à-fait échappé, et c'est en
vain que nous en avons cherché des vestiges.

Elle était ainsi conçue : IOVI OPT. MAX.A.C.
LVCVLLO. LEPIDINO DICATA (5).

Le sentiment de *Dom Calmet* est que le
temple aurait été consacré à Mercure, et cette
opinion est fondée sur des inscriptions dont
l'existence a été constatée, mais dont nous n'a-
vons plus retrouvé aucune trace.

Nous avons inutilement cherché des vestiges
des deuxième et troisième édifices marqués des
n.os 1 et 2 dans le plan joint au mémoire de
M. *Gravier*, et qui, d'après les indications de
Schœphling et de *Dom Calmet*, doivent avoir
existé sur la plate-forme du Donon. Nous avons
fait des fouilles dans les emplacemens qu'ils
doivent occuper, mais elles n'ont donné aucun
résultat ; nous avons seulement trouvé à la surface du sol beaucoup de débris de pierres tra-
vaillées, éparses çà et là ; c'est particulièrement
en approchant du faîte supérieur de la montagne
qu'on en aperçoit le plus. Ils consistent principa-
lement en de grosses pierres carrées présentant
des moulures informes qui paraissent avoir servi
de base ou de chapiteaux à des piliers semblables
à ceux dont il a déjà été question. Nous avons
trouvé aussi des pierres de la forme d'un paral-
lélipipède tronqué, dont il nous serait difficile

---

(5) Voyez *Mabillon*, des sépultures des Rois de
France, tome II, page 46.

d'indiquer la destination. C'est dans le même endroit que *Dom–Calmet* place des autels votifs chargés d'inscriptions latines. Nous en avons inutilement cherché des vestiges.

Dans nos investigations, nous avons remarqué une grosse pierre de $1^m,92^c$ de long, $0^m,60^c$ de large et $0^m,50^c$ d'épaisseur, présentant quatre rangs d'espèces de tores demi–circulaires, qui formaient probablement l'archivolte d'une baie de croisée. Elle a été signalée par les moines de Moyenmoutier, et se trouve dans la collection des dessins au crayon rouge. Si l'on en juge par la place qu'elle occupe, elle aurait appartenu au troisième édifice.

Nous avons maintenant à faire connaître en détail tous les restes de sculptures existant encore sur le Donon, et qui sont l'objet de la curiosité des voyageurs. Mais nous donnerons auparavant la description d'un bas–relief qui a déjà exercé la sagacité de plusieurs écrivains, sans qu'on soit encore parvenu, à ce qu'il nous semble, à en donner une explication satisfaisante.

Ce bas-relief (représenté planche 3, fig. 1) existe dans une anfractuosité du rocher principal de la cime du Donon, au point marqué du n.º 5 sur le plan joint au mémoire de M. *Gravier.* Sa longueur est de $0^m,80^c$, et sa hauteur de $0^m,45$. Il est exécuté en relief dans un creux de 5 centimètres à peu près, qui a été

pratiqué dans le rocher. A la partie supérieure
et sur les côtés, une espèce de doucine établit
le passage de la surface extérieure du rocher au
fond du bas-relief. Il est terminé à la partie
inférieure par une inscription gravée sur la surface extérieure même du rocher. Les sculptures,
qui consistent en un lion et un sanglier, sont
exécutées en relief dans le creux, tout-à-fait
à la manière des Egyptiens. Le plus haut-relief
des figures est de 3 centimètres. Le lion est à
gauche du spectateur, et le sanglier à droite.
L'inscription est en grands caractères romains :
au-dessous du lion on lit BELLICcVS, écrit
avec deux C, dont l'un est un peu plus petit
que l'autre, et sous le sanglier, SVRBVR. Les
deux mots sont séparés par une espèce de point
alongé, si l'on peut s'exprimer ainsi, et aux
deux extrémités de l'inscription on a figuré des
boucliers. La forme du sanglier n'est point in-
certaine. Quoique grossièrement sculptées, toutes
les parties de son corps ne laissent pas de doute
sur l'espèce de l'animal. Il est dans une attitude
tranquille, et paraît acculé contre un rocher.
Une chose assez remarquable c'est que les parties
naturelles du sanglier affectent la forme de celles
de l'homme, en telle manière que si le bas-
relief était symbolique, cette circonstance offri-
rait peut-être un sens allégorique, comme dans
les monumens égyptiens. Quant au lion, il nous
a paru parfaitement caractérisé, et nous parta-

3

geons tout-à-fait l'opinion de *Montfaucon*, de *Ruinart* et d'*Alliot*, sans pouvoir être en aucune manière de l'avis de *Dom Calmet* et de *Schœphling*, qui voient dans cet animal un chien. Le lion s'avance vers le sanglier. Sa gueule est ouverte et sa langue, lancée en avant, est repliée sur elle-même. *Buffon*, décrivant le lion en fureur, s'exprime ainsi : « le cri qu'il fait, » lorsqu'il est en colère, est encore plus terrible » que le rugissement. Alors il se bat les flancs » de sa queue ; il en bat la terre, il agite sa cri- » nière, fait mouvoir la peau de sa face, remue » ses gros sourcils, montre des dents mena- » çantes, et tire une langue armée de pointes si » dures qu'elle suffit seule pour écorcher la peau » et entamer la chair, sans le secours des dents » ni des ongles, qui sont, après les dents, ses » armes les plus cruelles. » En comparant l'at- titude de notre lion avec cette description, on peut en conclure que cet animal est furieux, bien que sa démarche ait l'air d'être presque posée et tranquille. Nous avons observé sur les lieux mêmes que l'emmanchement de l'épaule est bien marqué ; mais il n'en est pas de même de la crinière, qu'on aperçoit à peine.

Tout ce bas-relief est d'un très-mauvais travail. Le ton de la pierre, le peu de saillie de la sculpture, le rendent très-difficile à distinguer par un temps sombre. Pour le bien voir et en suivre toutes les formes, il est nécessaire qu'il soit éclairé par le soleil. Le dessin que nous offrons exprime très-bien le vague et l'incertitude des formes telles qu'elles se présentent au premier aspect, mais qu'un examen attentif fait bientôt reconnaître en détail. Le mot BELLICCVS, placé sous le lion avec le redoublement de la lettre C, est évidemment un mot latin passé dans la langue celtique, où il a sans doute conservé sa valeur, et l'épithète qui l'accompagne convient très-bien au lion. Quant au mot SVRBVR, il paraît qu'il est tout-à-fait celtique. C'est au moins l'opinion de *Schœphling*, qui avance en outre que BVR, BAR et BER dénotent, dans les différens dialectes celtiques, une bête féroce.

Quelle peut être la signification de ce bas-relief ? Aurait-on voulu faire allusion à l'invasion des Gaules par les Romains ? Le lion serait-il l'emblême des armées romaines qui ont dompté les Gaulois, représentés par le sanglier, animal consacré à l'une des principales divinités de la Gaule ? Cette interprétation peut s'appuyer sur des considérations plausibles sans doute, mais non décisives (6). *Dom Calmet* veut que ce

---

(6) On trouve ces considérations savamment développées et rapprochées avec beaucoup d'art, dans le mémoire de M. *Gravier*, au N.º VII du Journal de la Société.

bas-relief indique une chasse au sanglier, et son opinion n'a de fondement que le chien qu'il reconnaît dans l'animal où nous voyons un lion (7). *Schœphling*, qui est tombé dans la même erreur, donne de ce monument une explication différente qu'il puise dans la religion des Gaulois. On peut consulter à ce sujet son article sur le Donon, dans l'*Alsatia illustrata*.

Nous allons nous occuper actuellement de la description des *Statues* qui existent encore aujourd'hui sur le Donon. Suivant *Schœphling*, de quatorze figures sculptées que l'on y voyait au commencement du siècle dernier, il n'en restait plus, à l'époque où il a visité cette montagne, que neuf principales, qui sont gravées dans l'*Alsatia illustrata*. Lors de nos recherches, nous avons retrouvé encore huit fragmens, dont cinq seulement ont été publiés dans cet ouvrage. *Schœphling* considère toutes ces figures comme des Mercures; *Dom Calmet* y voit des Gaulois, des Romains, des guerriers et des divinités romaines. La description exacte de tous ces fragmens nous donnera peut-être des indications qui nous mettront à même de prendre parti entre ces diverses opinions.

Le premier fragment que nous ayons remarqué, a été trouvé sur la cime même du

---

(7) Voyez la notice de la Lorraine, à l'article Framont.

Donon. Il est représenté sous le n.º 2, planche 4:
Sa base était encore prise dans les fentes du
rocher. Il était renversé de manière que la
partie supérieure n'était pas visible; nous l'avons
fait relever. Il est à croire que ce fragment de
sculpture est encore à sa place primitive, ou
du moins qu'il en est peu éloigné; il n'est pas
probable, en effet, qu'après la destruction des
monumens du Donon, il aurait été ainsi transporté à l'endroit où on le voit aujourd'hui. Le
personnage a dans sa main droite une espèce
de bourse, et dans sa gauche un caducée. Les
deux serpens dont se compose le caducée forment
deux anneaux adaptés à un long manche. Ce
fragment, qui a évidemment appartenu à un
Mercure, ne se trouve ni dans la collection des
dessins au crayon rouge, ni dans aucun des
auteurs qui ont traité des antiquités du Donon.
Quoique d'un style barbare, c'est encore de
toutes les pierres scluptées de cette montagne,
celle qui annonce l'art le plus avancé. Les jambes
sont bien détachées; leur forme et celle des
cuisses offrent des contours plus approchant de
la nature. Les parties naturelles qui caractérisent
l'homme n'ont éprouvé aucune mutilation. Les
mains sont du plus mauvais style. La pierre
sur laquelle ce morceau est sculpté a une épaisseur
de $0^m,30^c$ à $0^m,35^c$. A la partie inférieure, l'épaisseur est plus considérable, comme si on avait eu
l'intention de former une espèce de socle. Cette

pierre. est de grès de la même nature que celle
qui forme la montagne. Comme elle était renversée, et par conséquent plus à l'abri de l'influence
de l'air et de l'humidité, elle a conservé sa
couleur rougeâtre, et n'est recouverte que çà et
là de quelques mousses verdâtres.

Sur le bord sud de la plate-forme, et non loin
de la cime de la montagne, nous avons trouvé
une autre pierre sculptée de 1ᵐ,40ᶜ de hauteur,
de 0ᵐ,70ᶜ de largeur, et de 0ᵐ,25ᶜ d'épaisseur.
Toutes ses faces, à l'exception d'une seule, sont
brutes. Celle qui est travaillée offre la représentation informe (n.º 3, *planche* 4) d'un
personnage qu'il est assez difficile de caractériser.
Les mains et les pieds sont brisés; la tête est
entièrement mutilée; les attributs, s'il en a existé,
ont disparu. Mais une chose parfaitement conservée, et dont les traits sont bien reconnais-
sables, c'est un cerf dont la tête se présente de
face et le corps de profil. Le personnage est
debout, en avant de cet animal; il est du travail le plus barbare. Le corps est d'une longueur
démesurée, et les jambes sont très-courtes. Les
parties naturelles ont été mutilées. Cette sculpture
n'a été décrite ni dans *Schœphling*, ni dans les
auteurs qui l'ont précédé ou suivi, à moins qu'on
ne croie devoir la reconnaître dans la figure 4
de la planche 1.ʳᵉ des gravures jointes au tome
I.ᵉʳ de la notice de la Lorraine. *Dom Calmet*

qualifie ce personnage de *Diane la chasseuse
avec un cerf auprès d'elle*. Si le dessin de
Dom Calmet et le nôtre doivent être considérés
comme représentant identiquement le même personnage, nous devons convenir qu'il nous est
impossible d'y reconnaître une Diane. La collection des dessins au crayon rouge n'offre pas
non plus la configuration de ce personnage.
Nous pensons qu'il faut voir ici la représentation
d'un Gaulois chasseur, car le cadre de la pierre
ne nous semble pas avoir pu contenir d'autres
attributs que le cerf que l'on y voit encore. Probablement ce monument est une pierre tumulaire ; il en a du moins toute la forme (8).
Nous avons trouvé des tombes absolument ana-
logues dans plusieurs points du département des
Vosges, célèbres par des ruines antiques, no-
tamment à Escles et à Soulosse (l'ancienne
Solimariaca).

En tournant autour de la cime du Donon,

---

(8) Les différens faits énoncés dans la lettre de **M.**
Alliot tendent à justifier cette conjecture, et nous ne
sommes pas éloignés de penser que la plupart des pierres
sculptées qui vont être décrites, étaient de même des
pierres tumulaires. Mercure était le dieu vénéré par ex-
cellence dans les Gaules. Les personnages enterrés sur le
Donon, auront probablement voulu avoir leur tombe
protégées par l'effigie de la divinité pour laquelle ils
avaient eu le plus de vénération.

on trouve vers le nord, non loin de la pierre sculptée que nous venons de décrire, un fragment de sculpture représentant deux jambes seulement. Ce fragment n'a été cité dans aucune collection, et il est tellement informe que nous n'avons pas jugé, nous-mêmes, utile de le dessiner.

En avançant encore plus vers le nord, à 5 mètres environ de la cime de la montagne, on aperçoit une pierre sculptée (*n.º* 4, *planche* 3) qui représente un Gaulois, d'après le sentiment de tous les auteurs qui en ont parlé, excepté *Dom Martin*, qui, dans sa *Religion des Gaulois*, croit y voir un Druïde. Cette sculpture est fort inexactement décrite dans cet ouvrage. L'auteur suppose que de son cou pend, en guise de bulle, une espèce de croix renversée, dont le pied est fort long. Rien de tout cela n'existe ; et les dissertations auxquelles l'auteur se livre à ce sujet n'ont aucun fondement. Le dessin joint à ce mémoire, et que nous avons pris sur les lieux, offre une représentation très-exacte de cette figure, avec toutes les imperfections d'un art très-peu avancé, pour ne pas dire tout-à-fait barbare. Dans la collection des dessins au crayon rouge, dans les gravures de *Schœphling* et de *Montfaucon*, on n'a point rendu toute la roideur des formes ; on les a embellies en leur donnant des contours presque moelleux qui n'existent point dans l'original.

Les bras sont roides, droits et cylindriques en quelque sorte. Les jambes sont mal dessinées, et ont éprouvé quelques mutilations. Les plis du *sagum* (9) ou de la robe sont inégaux et aussi multipliés que dans notre dessin. Vers le cou on remarque des bandes transversales qui terminent ce vêtement. Le personnage tient dans la main droite un objet que quelques-uns considèrent comme une bourse. Il ne montre que le dessus de la main, position tout-à-fait naturelle, et non pas l'intérieur, comme dans les dessins qui ont été publiés. Il porte à la main gauche quelque chose qui affecte la forme rectangulaire, et que *Schœphling* considère comme un livre. L'auteur de l'*Alsatia illustrata* ayant examiné lui-même avec attention cet objet, y a reconnu la même forme que celle que nous avons dessinée; aussi combat-il l'opinion de ceux qui, d'après des dessins inexacts, prétendent que cet objet était un gant. Outre ce livre, le personnage tient dans la main gauche une épée, ou plutôt il presse cette arme avec sa main contre son vêtement, où elle est peut-être accrochée. La partie de cette épée qui est au-dessus de la main, n'est pas tout-à-fait dans le prolongement de celle qui est au-dessous; mais un semblable défaut n'a rien qui étonne

_____

(9) Le *sagum* est un habit carré, aussi large en haut qu'en bas, sans manches ni ceinture.

dans un travail qui annonce un art aussi peu
avancé. Cette sculpture est en pierre de grès
rouge de la même nature que celle de la montagne ; seulement le ton de la pierre a disparu
sous une couche très-mince de mousse verdâtre
qui la recouvre entièrement. Tout nous porte
à croire que la pierre sur laquelle était représenté
le personnage que nous venons de décrire, était
une pierre tumulaire.

Nous avons représenté, sous le n.º 5, même
planche, un fragment de sculpture qui se trouve
tout près de celui que nous venons de décrire.
La tête de ce personnage manque ; le bras droit
est mutilé ; cependant on peut reconnaître encore qu'il portait un caducée ; le bras gauche
est estropié, ainsi que la main ; cette main
portait une espèce de bourse. Les formes du
corps, des cuisses et des jambes annoncent un
homme. Les parties viriles sont parfaitement in-
diquées, et l'abdomen est fortement prononcé.
Une espèce de clamyde passe sur les épaules du
personnage, et couvre une partie du sein et du
bras gauches. Le caducée qu'il tient dans sa
main droite, et dont le manche est en bas, est
formé par la réunion des têtes des deux serpens.
Ce fragment offre évidemment les restes d'une
représentation de Mercure. Il est tout couvert
d'une mousse d'un blanc verdâtre qui cache entièrement la couleur naturelle de la pierre. Il est.

dessiné dans notre collection au crayon rouge, et les parties sexuelles sont clairement représentées dans le dessin. Si donc cette collection a servi de type pour les gravures publiées par *Montfaucon* (10) et par *Schœphling* (11), comme cela paraît constant d'après la ressemblance exacte de toutes les autres figures, comment a-t-on pu transformer les parties viriles en un anneau ou en un double anneau, comme le fait *Dom Calmet* (12)? Je puis certifier qu'il n'y a dans la figure dont il s'agit aucune trace d'infibulation, bien que le fait soit regardé comme avéré par les auteurs que je viens de citer. Je n'ai pas voulu m'en rapporter à moi seul dans une investigation tendante à constater la fausseté d'un fait avancé par des écrivains recommandables, et dont je fais profession de respecter l'autorité. Mon collégue, M. *Gravier*, membre de la Commission des Antiquités, avec qui j'ai fait mon excursion au Donon, et plusieurs autres

---

(10) Voyez l'Antiquité expliquée, tome II, planche 187, figure 1.re

(11) Voyez l'*Alsatia illustrata*, tome I, planche 2 de celles relatives aux antiquités du Donon.

(12) Voyez la notice de la Lorraine et la planche 2, figure 12. Il est vrai que l'anneau en question se trouve dans la deuxième collection de dessins au crayon rouge donnée par *Dom Calmet* lui-même à M. *Guery*, et par celui-ci à la Commission des Antiquités.

personnes présentes, ont reconnu la vérité de ce
que j'avance. Ils ont constaté avec moi que le
sexe du personnage, loin d'être incertain ou nul,
comme on l'a dit, était au contraire celui d'un
homme bien caractérisé.

Non loin du fragment que nous venons de
décrire, il en existe un autre qui n'est pas d'un
meilleur travail, mais qui peut donner lieu à
quelques remarques intéressantes. Ce nouveau
fragment est représenté sous le n.º 6, planche 3.
La tête n'existe plus. Le personnage tient dans
la main droite quelque chose dont il est difficile
de deviner la forme, à moins que ce ne soit
une bourse. Il a dans la main gauche un caducée
qu'il tient par le manche, et qui est appuyé
sur sa poitrine. Un grand collier, marqué par
une rainure bien prononcée, paraît avoir été
d'une nature différente de celle de la pierre dont
la statue est formée. Il est à croire que cette
rainure était remplie par quelque métal précieux
qui aura été arraché. On peut remarquer que
les hanches sont fortement prononcées comme
dans une femme. Cependant le caractère du
sexe n'est point équivoque, et les parties naturelles
de l'homme se reconnaissent parfaitement, bien
qu'elles aient été mutilées. L'abdomen est fortement prononcé et marque par une espèce de
cordon. La 4.ᵉ figure de la planche 196 de
l'Antiquité expliquée, tome II, présente la

configuration du fragment qui nous occupe,
mais avec des inexactitudes marquées. On a
exagéré la forme des hanches, qui semblent
annoncer une femme; la protubérance des mamelles est également inexacte; l'on a indiqué
dans le dessin une espèce de tablier, à la manière
des Hottentotes, qui prend au-dessus des hanches,
et vient masquer l'endroit où devraient se trouver
les parties naturelles dont il n'existe aucun signe
caractéristique, ce qui est tout-à-fait contraire à
la vérité. Cette figure se trouve dans la collection
des dessins au crayon rouge, où elle offre absolument les mêmes inexactitudes; ce qui me
confirme dans l'opinion que cette collection, ou
des copies de cette collection ont servi de type
à toutes les gravures qui ont été publiées sur les
antiquités du Donon. La figure 5 de la 2.ᵉ planche des dessins relatifs au Donon, dans l'*Alsatia
illustrata*, représente le fragment qui nous occupe avec les mêmes inexactitudes. Il se trouve
aussi exprimé de la même manière dans la
planche 9 de la Religion des Gaulois, par *Dom
Martin*, à l'article des Mercures sans sexe. Elle
y sert d'autorité pour une discussion qui tomberait
d'elle-même, si elle n'était pas appuyée sur
d'autres monumens que celui dont il est ici
question; car nous avons vérifié incontestablement
que le sexe viril y est bien prononcé. *Dom
Calmet* qualifie de druïdesse le personnage que
cette sculpture représente. « Elle avait, dit-il,

» un grand collier qui lui descendait jusqu'au
» dessus des mamelles, et qui pouvait être d'un
» métal précieux, puisqu'on l'a arraché; mais
» l'entaille où il était est encore très-sensible.
» Elle avait quelque chose de semblable sur les
» reins, qui lui descendait sur les parties na-
» turelles, et les couvrait décemment. » Il est
évident que *Dom Calmet* a été induit en erreur
par des dessins inexacts et mal exécutés ; voyez
la gravure qu'il publia lui-même à la suite de sa
notice de la Lorraine, planche 2ᵉ, figure 13.

Nous avons trouvé dans le même emplacement
où gisent les débris qui viennent d'être décrits,
deux autres fragmens à peu de distance l'un de
l'autre, et qui nous paraissent avoir fait partie
de la même statue. Ils sont représentés sous le
n.º 7, planche 4. Nous les avons rapprochés
avec intention l'un de l'autre, afin qu'on pût
mieux apprécier notre conjecture à leur sujet.
Le premier fragment représente le tronc d'une
statue qui a évidemment appartenu à un Mercure. Elle tenait dans la main gauche un caducée, en grande partie effacé aujourd'hui ; la
main droite est fermée, et présente l'intérieur.
Le sexe de ce Mercure n'offre rien d'équivoque
ni d'incertain. On reconnaît avec évidence les
parties naturelles de l'homme. L'abdomen est
assez fortement prononcé. Le second fragment,
qui représente les jambes, est bien conservé.

Cependant les parties de la pierre qui avoisinent la jambe gauche présentent des mutilations sous lesquelles peuvent avoir disparu les attributs du personnage. En examinant avec attention ces deux fragmens, nous leur trouvons une analogie bien marquée avec la figure 7 *bis*, planche 4, tirée de la collection au crayon rouge, et que nous plaçons ici afin que l'on puisse juger de l'inexactitude de ces derniers ; avec la figure 3, planche 196 de l'Antiquité expliquée, et la figure 4, planche 2 des dessins relatifs au Donon de l'*Alsatia illustrata*. La position des mains est absolument la même. L'articulation des genoux est fortement exprimée dans notre dessin, comme dans ceux que nous venons de citer. Si notre conjecture est fondée, nous nous trouvons dans la nécessité de ne point admettre ce doublé anneau qui, dans le dessin et les gravures que nous venons de citer, se trouve, à la place des parties naturelles, suspendu à une espèce de ceinture dont nous n'avons trouvé de vestiges nulle part, et qu'un abdomen fortement prononcé peut seul avoir fait supposer. Nous révoquons donc en doute, pour cette statue, l'infibulation avec un double anneau, comme nous l'avons fait pour l'infibulation avec un seul anneau dans l'une des sculptures examinées précédemment.

Nous avons représenté, n.° 8, planche 4, un dernier fragment peu éloigné de ceux que

nous avons décrits. Il est presque informe et
d'un fort mauvais travail. Le dessin de ce fragment se trouve sur une des feuilles de la collection au crayon rouge et dans l'Antiquité expliquée, planche 197, fig. 5, mais d'une manière tout-à-fait inexacte ; car il est certain que
le sexe du personnage est masculin, et qu'à la
place des parties naturelles, il n'existe ni disque,
ni sphère, comme on en a figuré dans les deux
dessins que nous venons de citer.

Enfin il nous reste à parler d'une tête déposée
pendant long-temps dans les jardins du maire
d'Allarmont, et qu'on nous a assuré venir de
la cime du Donon. Elle est représentée sous
différens aspects, aux n.es 9 et 10 de la planche
4. Cette tête, qui a appartenu à une figure tout-
à-fait de ronde bosse, est du plus mauvais
travail ; l'une des oreilles est beaucoup plus
grande que l'autre. La nature de la pierre est
différente de celle de toutes les sculptures dont
nous avons traité jusqu'ici ; elle est d'une espèce
de grès calcaire, moins rouge que les roches du
Donon. Cette circonstance pourrait peut-être
faire douter de l'authenticité de son origine, si
nous ne devions ajouter une entière confiance
aux renseignemens que nous a donnés M. le
maire d'Allarmont.

Il résulte de nos recherches et de la comparaison détaillée que nous venons de faire, que

le sexe incertain ou voilé, et les *infibulations*
n'ont aucun fondement, au moins dans les
fragmens de sculpture encore existant sur le
Donon, et que nous avons comparés avec les
gravures qui ont été publiées. Ainsi les systèmes
et les explications auxquels ces faits mal cons-
tatés ont donné lieu, tombent par là même. Il
y a plus ; les fragmens inédits des figures de
Mercure que nous avons exhumés, et notam-
ment celui gisant sur la cime de la montagne,
montrent le sexe masculin parfaitement prononcé ;
ce qui achève de ruiner le système que nous
combattons.

Quelques personnes ont pensé qu'indépen-
damment des trois édifices vus par les moines
de Senones et de Moyenmoutier, sur la plate-
forme du Donon, il y avait en outre un temple
sur la cime même de la montagne. Ce que nous
pouvons certifier, c'est qu'il ne reste aucun ves-
tige d'un pareil édifice, et que ce qui subsiste
aujourd'hui ne l'annonce aucunement. La surface du rocher qui forme le point culminant de
la montagne, et qui a dû être le pavé du
temple, n'est point taillée, mais brute et in-
clinée en divers sens. Il est donc peu probable
qu'il ait existé un temple sur le faîte supérieur
du Donon ; mais il est certain qu'il y a eu des
statues de Mercure, puisque l'une d'elles est
encore en place.

Ces faits nous portent à conjecturer que les

monumens du Donon sont d'époques différentes. Les statues de Mercure, par exemple, peuvent être antérieures aux édifices que nous avons décrits, et dont l'existence a été constatée avant nous. On sait que peu de temps avant l'invasion des Gaules par les Romains, l'usage des statues avait commencé à s'introduire dans la religion des Gaulois, et qu'à cette époque les Druïdes offraient leurs sacrifices en plein air devant les statues de leurs dieux. Plus tard, mais après la conquête de *Jules César*, ils adoptèrent l'usage des temples. Ainsi les Mercures de la cime du Donon pourraient être un peu antérieurs à l'invasion des Romains, et les édifices qui existaient sur la plate-forme de la montagne, qu'ils aient été des temples ou des habitations des Druïdes, seraient postérieurs à cette même invasion. Cette dernière assertion ne paraît point susceptible de controverse, d'après la nature des débris que nous avons décrits d'abord, savoir les tuiles romaines et les vases que l'on ne retrouve que dans des lieux autrefois habités par des Romains ou des Gaulois, qui avaient adopté leurs arts et leurs usages.

Au reste, en composant cet écrit, nous n'avons pas eu en vue d'établir un système. Nous nous sommes seulement proposé de donner des notions exactes et précises sur l'état actuel des ruines antiques de la célèbre montagne du Donon, abandonnant à d'autres le soin d'expliquer les sculptures que nous avons fait connaître ou qui ont été connues avant nous, et prêts à applaudir aux efforts qui pourront être faits pour arriver, à cet égard, à un résultat satisfaisant (13).

---

(13) Dans tout le cours de ce mémoire, nous nous sommes astreints à des objets que nous avons vus nous-mêmes ; mais il est essentiel d'observer que le Donon a fourni beaucoup d'autres antiquités que celles que nous avons décrites : nombre de pierres taillées et sculptées ont disparu ; on y voyait des autels votifs et des inscriptions latines. On trouvera des notions sur tous ces objets dans l'*Antiquité expliquée,* dans l'*Alsatia illustrata* et dans la *notice de Lorraine.*

A ÉPINAL,

Chez Gérard, Imprimeur de la Société. (1828.)

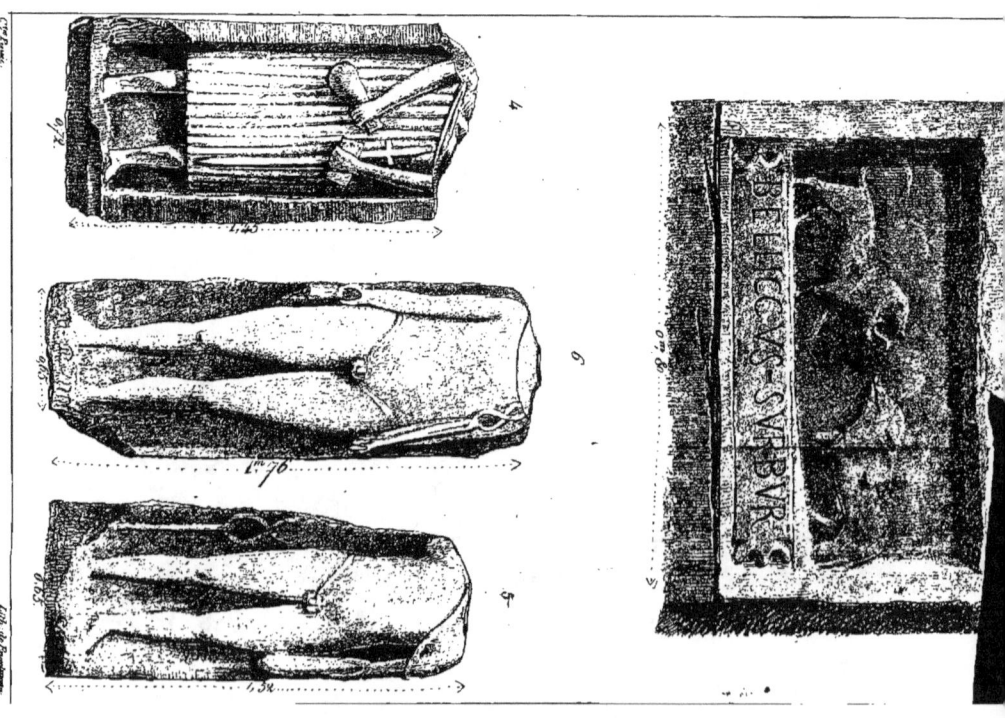

Antiquités du Donon.

Antiquités du Donon.

Plan topographique de l'enceinte du DONNON, lors du I.er voyage de DOM-ANNOV, en 1692.

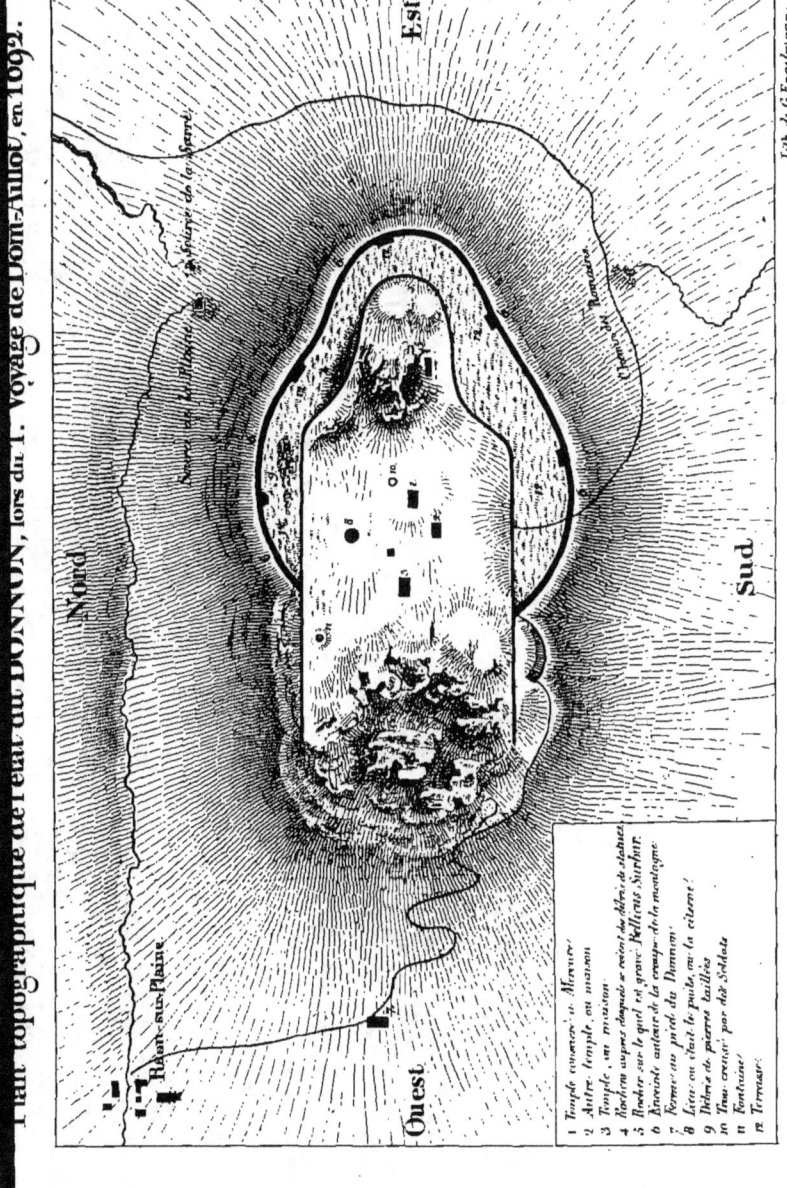

Est.

Nord.

Sud.

Ouest.

Lith. de G.Engelmann.

1 Temple consacré à Mercure.
2 Autre temple, ou maison.
3 Temple, ou maison.
4 Rochers auprès desquels se voient des débris de statues.
5 Rocher sur le quel est gravé Bellicus Natura.
6 Enceinte autour de la croupe de la montagne.
7 Fonds ou pieds du Donnon.
8 Lieu où était le puits, ou la citerne.
9 Débris de pierres taillées.
10 Trou creusé par des Soldats.
11 Fontaine.
12 Terrasse.

Cte Brula.

Lith. de Engelmann rue du Fb.g Montmartre, N.º 6 à Paris.

Vue du Donon prise du pied de la montagne à Raon sur plaine (Dep.t des Vosges.)

C.ʳ Perrot d'après le croquis de Mʳ Hogard.

Lith. de Engelmann, rue du Fauḃ. Montmartre. N.º 6 à Paris.

Vue du sommet du Donon (Dip.ᵗ des Vosges.)

www.ingramcontent.com/pod-product-compliance
Lightning Source LLC
Chambersburg PA
CBHW060853180626
46818CB00004B/1693